Honsho Shizumitsu

本荘静光

ユーモア川柳を考える

HUMOR SENRYU WO KANGAERU

新葉館出版

ユーモア川柳を考える

目次

ユーモア川柳を考える

ユーモア川柳とは

今から8年前（2016）、川柳総合雑誌「川柳マガジン」の「笑いのある川柳」欄の選者を命じられた時、私は書き出した。

「川柳は本来笑いを含んでいるもので、殊更笑いのある川柳という欄はおかしい」という意見があった。ある意味では正論だが現在の川柳界は笑いをあまり評価しないのでこの句欄も必要なのだろう。

そこからさらに数年前（2009頃）、当誌連載「ユーモア川柳を楽しむ」の中で、今川乱魚氏は次のように述べている（一部省略）。

川柳にユーモア句が少なくなったという話をよく聞く。また、ベテランの川柳人は「二、三十年前にはもっと面白い句が沢山あった」と述懐される。理由を考え

てみると、

一、ユーモア句を好んで作る作家が少なくなった。

二、選者が悲しみや怒りの句、あるいは詩的で抽象的な句を上位に採り、ユーモア句を上位に採る事が少なくなった。

三、ユーモア川柳を好む人は、川柳結社で活動するよりも、個人で「サラリーマン川柳」など公募川柳に投句して楽しむ傾向があり、ユーモア句の持続性が薄れた。

（以下略）

ここで川柳における「ユーモア」と「笑い」の大局的な共通性と、微妙な違いについては後に詳しく議論したい。さらに遡ると、'80～'90年代にかけて「川柳塔」に連載された東野大八氏の「川柳の群像」の中に次のコメントがある。

「川柳雑誌」に須崎豆秋、「ふあうすと」に延原句沙弥、「番傘」に高橋散二――このユーモア作家三羽烏、後に続く作家が現在一人もいないと言うことは真に寂しい限りである。

現代川柳界120年の歴史の中で、川柳界の正面に立つことはなく、それぞれの立場でユーモア川柳を確立したこの豆秋・句沙弥・散二の「三羽烏」は、いずれも戦時期を挟んだ'20～'40年代（昭和前半）に活躍した稀有の川柳人である。各代表作などは後程ふりかえってみたい。

今川乱魚、東野大八両先輩の指摘にはおおむね異を唱える余地はない。また冒頭の私の感想も、ここ数十年いわゆる結社川柳界に定着したといえ、たとえば大きな句会の特選句にユーモア句ないし大笑い句が入ることは極めて少ない（皆無とは言わないが）事などに今のユーモア川柳の扱いが見えている。

それでは川柳界全体の中で、ユーモア川柳はまともな居場所を失っているのだろうか。そんな事はない。いわゆる川柳専門家の集団とされる結社川柳界でも、連日生産されているユーモア句――ガハハと笑う句からしんみりとしたユーモアを感じる句まで――は多大な数に上り、さらにサラ川（「サラッと一句！　わたしの川柳」に改称）を始めとする大衆投句川柳、各種メディアを通じた中間川柳（仮称・万能川柳やシルバー川柳など）では、大部分が笑いの成分を備えた句として世上に溢れている。

ユーモア川柳ないし笑いの川柳がどう作られ、どう評価されているか。ケースに応じて順次考えてみたい。初回は実例が無かったので、前回私が選句した特選句から6句並べてみる。'16～'17年、川柳マガジンの「笑いのある川柳」である。

賢治さま雨ニモ風ニモ負けマシタ　（北沢　澪）

人生いろいろ選者もいろいろ大丈夫　（松本とまと）

右を見て左も見たが前を見ず　（小松凡馬）

ホーケキョケ今年も下手なやつがいる　（増田信一）

目に狂いなかった燃費良い夫　（富岡桂子）

染み一つなかった肌の幾山河　（蔵本律子）

中八はおろか最大21音の破調まであるが、ユーモア川柳のいろいろなフェーズを示すものとして推したい。

ユーモア川柳のルーツ

ユーモアとはそもそも何だろう。辞典では「上品な洒落・諧謔」と簡潔で素っ気ない。これは広辞苑だが他もほぼ同じである。一方、原語の「ユーモア」を辞書で見れば、日本語のユーモア以外に人間に関する種々の事が含まれている。

ここでユーモア川柳を論じるに当たっては、とりあえず日本語のユーモアに限定し、川柳マガジンの「笑いのある川柳」との関連を重視して「上品な笑い」と一応規定しておく。

文芸論の中でのユーモアの名称は、もちろん明治時代以降であるが夏目漱石以降、何人かが論じている（斎藤大雄「現代大衆川柳論」による）。漱石らは英語のHを発音したらしく「ヒューモア」と言っている。大雄氏は結論としてユーモアを定義する事は困難であるとし、「体内から湧き出てくる笑いの生理作用であって、それを分析することは不可能」と述べている。厳密な論理ではどうしてもこうなる。

ここでとりあえず「上品な笑い」と最大公約数的に規定したが、ユーモアと言えない「下品な笑い」とはどんな笑いか、またその句を川柳と認めるかどうかについては、文芸純化派と大衆娯楽派の間で論戦になるだろう。実例は後に例示して論じる事にする。逆に、直接笑える句ではなくても優れた語感とペーソスによって、読んだ後から心中にユーモア情感が湧き起こる、いわば「時差ユーモア句」も貴重である。これも後に実例を挙げてみたい。

川柳の歴史の中で、古川柳にある優れたユーモア句は周知の事だが、もちろん当時ユーモアという言葉があった訳ではない。明治以後、ユーモアという表現が文芸論に登場した事は前述したが、「ユーモア川柳」という概念が出て来たのは、どうも大正〜昭和初期らしい（木村半文銭など）。そして、ユーモア川柳作家と銘打たれた川柳人は、私の知る限り前項で述べた大阪のユーモア作家三羽烏が最初と思われる。彼等は揃って大正から昭和30～40年代にわたりそれぞれ有力吟社のスタッフとして活躍し、同時にこの世代の代表的ユーモア句を残している。もちろんユーモア川柳で食える訳はなく、それぞれサラリーマンから役員等の本業にいそしんだ上である。

須崎豆秋《とうしゅう》（明治25年～昭和36年）は「川柳雑誌」に所属。その句は「くるんだユーモア」などと評されている。

けなげにも家主の犬を噛んで来た
長靴の中で一ぴき蚊が暮し
葬式で会いぼろいことおまへんか
院長があかん言うてる独逸語で

4句目は実体験かどうか解らぬが、若くして陸軍少尉任官のキャリアなどから、ドイツ語も理解していただろう。

延原句沙弥《くしゃみ》（明30〜昭34）は「ふあうすと」に依った。面白い事に「意識したユーモア」と評され、本人も認めている。

作文としては見事な無心状

茹で玉子きれいにむいてから落し

香典を入れたかいなと透かして見

くもの巣に一番星がひっかかり

高橋散二《さんじ》（明42〜昭46）は他の２人よりひと回り若く、昭和40年代まで「番傘」で活躍した。句からはよく解らぬが、３人のうちで最もストレートな笑いと評されている。

金貸さぬ様にと親が来て頼み

正直に粗品と書いてある粗品

漱石へ梯子をかける古本屋

小説新潮みな道ならぬ恋をする

三羽烏の活躍時期はいわゆる「六大家」の時代とほぼ一致する。彼等は六大家のように各吟社を統括する立場にはなかったが、ユーモア吟だけでなく各吟社の運営にも多大な寄与をした事がそれぞれ記されている。

前項に述べたように、東野大八氏はこの三羽烏に続くユーモア作家が現われない事を嘆いているが、実際は三羽烏が活動を終えたころから、吟社川柳・大衆投句川柳を通じて無数のユーモア句が紙上を賑わす事になる。

ユーモア川柳論の展開

本書において、私はユーモア川柳を「上品な笑いの川柳」ととりあえず規定した。ではユーモア川柳を自称する現代川柳作家は、どのようにユーモアを考えていただろうか。

'08年に今川乱魚氏は「川柳マガジン」の連載の中で、ユーモア川柳の要素を10項目にわたり提唱した。全部の記載は省略するが、真実を突くこと、温かみのあること、繰り返し読んでも面白いこと等と並んで、人間の弱さ・愚かさを見つめてそれに負けないこと、強者の論理に笑って立ち向かうこと、など特徴ある指摘が含まれている。「上品な笑い」はもちろんであるが、面白いだけでなく、人間性の描写や社会への訴えなどもユーモアを構成する要件と広く考えることを指摘していると思われる。

採血採尿涙は誰も採りに来ぬ　（乱魚）

長年ガンと戦った作者の医療川柳の傑作として多くの人が推している。

見舞いには日本銀行券がよし　（〃）

お札の正式名称がユーモアを生む発想がなんともユニーク。なお類想では《瞬間の紙屑勝馬投票券》（作者不詳）などもある。

いい土に還ろううまいもの食って　（〃）
妻を競った男も生きているらしい　（〃）
くしゃみでもすれば吹き飛びそうな利子　（〃）

乱魚氏は作句・評論の他、'07年に「ユーモア川柳傑作大事典」なる空前絶後（?）の句集に、８００名を超す3千余句を編集している。私も2句だけ載せて頂いている。

ところで、乱魚氏にユーモア川柳を名乗るようにと勧めたのは札幌の斎藤大雄《だいゆう》氏だという。乱魚氏は後に「大雄さんは私の本の看板を大きな字で書いてくださった。ユーモアとつけた句集はよく売れた」と述べている。謙遜かも知れないが。

大雄氏は'03〜'05年、「川柳マガジン」誌上に「現代大衆川柳論」を発表し、現代川柳がいわゆる結社柳壇の中だけを向いていて、大衆読者の関心を無視しているとして鋭く批判した。川柳界では当然、賛否両論が争われたが、大雄氏の論はその後も現代川柳（川柳家の川柳）と大衆投句川柳等の間をつなぐ論拠として生き続けている。

ユーモア川柳について大雄氏は、「日本文学の世界でユーモアほど難しいものはない」と前提にしつつ、笑い・ユーモア・滑稽を関連づけて、自発性・真面目さ・不用意の内に涙を伴うような笑いを催すものと解説している。

義理チョコの一つを妻に割ってやる　（大雄）
二人きりになっては困る人といる　（〃）
遠雷へ猫も待ってる通り雨　（〃）
生き抜けと仏の掌からまたこぼれ　（〃）
奴凧帰るしかない酔いの果て　（〃）

生活の実感がこぼれるユーモア句が多い。最後の2句は著作を頂いた時に書いて頂いた裏表紙句である。

川柳界でユーモア作家を自称しているもう一人は坂牧春妙《はるたえ》氏である。氏は特にユーモア川柳論を展開している訳ではないが、句集序文に「品のあるユーモア・温かい視点での風刺が広まることを願う」と素直に述べている。しかし彼女のユーモア句は生活・社会のかなり厳しい点を衝いており、都会的・クールでカッコ良いなどと評されている。

一度だけ明けない夜がやってくる　（春妙）
昨日捨てた箱なら丁度合うサイズ　（〃）
消えるまで見るのが弥次馬の礼儀　（〃）
忘れるだろうと思ったまでは覚えてる　（〃）
やったぜと思うだろうか優勝馬　（〃）

乱魚・大雄・春妙の三氏は32〜35年、即ち昭和ヒト桁後半生まれで、ここ15年の間に70〜80代でいずれも他界された。これからは特定のユーモア作家ではなく、多くの川柳作家・大部分の大衆投句がユーモア川柳を展開する時代である。

鉄道川柳とユーモア

何川か渡る寝台車の響き　（山崎涼史）

これは一見して笑えるユーモア句ではない。しかし寝台で眠りかけた体が長い鉄橋の響きに半分眼覚め、ああ「ナニ川」だろうかと考えつつまた眠りに落ちていく情景を思い浮かべると、何とも言えぬユーモア情感が湧いてくる。東京発「銀河」ならば、夜半に静岡県に入って富士川から天竜川までの四河川。大阪を早目に出ていた「日本海」ならば深夜に北陸路に入り、手取川から黒部川までの河川群となろう。残念ながら寝台列車は「サンライズ」ただ一本を残して消滅した。高速夜行バスに価格で食われた事もあるが、需要はあっても車体の維持や要員配置でコストが引き合わない事が主因であろう。この名句も思い出の遺産となるか。

盆休み掏模も下りの切符買う　（大木俊秀）

これは文句なしに笑える川柳である。しかし、ただアハハと笑うだけではない。盆休みで都会では稼ぎが悪いスリの里帰りと、切符は掏り取る訳にいかないので稼ぎを窓口に出しているという二重のユーモアをスマートな表現に包み込んだ魅力は、鉄道ユーモアの白眉と言えよう。

世の中は金だと云わすグリーン車　（竹内寿美子）

グリーン車通る途中にちょっと掛け　（佐藤みなみ）

カネとステータスの象徴とされるグリーン車ではあるが、近頃の近郊型（普通列車）の乗客を見ると、学生や子連れ母親など、気楽さや趣味のジャンルが多い。生活観の変化か。

枯野原汽車に化けたる狸あり　（夏目漱石）

ユーモア川柳の数に入れたいが、これは俳句である。松山市の子規堂で、坊ちゃん列車のモデルの横に立て札のような句碑がある。余談だが、俳柳の区別がつき難い時は作者の名で決めるというわゆる大西理論（大西泰世氏提唱）は批判もされるが、実用上かなり有効である。この流儀で言えば、芥川龍之介は川柳のような俳句を、吉川英治（雉子郎）は俳句のような川柳を詠んでいる。

出張の楽しみ消して行く時速　（丸森太郎）

新幹線景色とともに飛ぶ部品　（佐藤美昭）

新幹線も来年は還暦を迎えるが、川柳ではなぜかケナされる事が多い。優れた物へのヤッカミも川柳の基調の一つかも知れない。

沿線の名所も知らず定期券　（的場昭一）

定期券車も買わずケガもせず　（高橋散二）

テーマは旅行から通勤に移る。定期券とはまさに通勤通学のシンボルであり、自宅と目的地の間を脇目もふらず混雑に耐える代名詞であろう。しかし60年以上前に定期券のこの特性を見抜いている2句には敬服の至りである。もっとも近年ではカルチャーやお買い物目的の定期購入も増え、私も70年身につけていた定期券を手放すに忍びなく、年間28万円を投じている。また余談で失礼。

満員車動くと逮捕されそうだ　（相馬一花）

傾くとそのまま戻れないラッシュ　（木咲胡桃）

ラッシュアワー斜のままで駅につく　（児玉幸子）

押し屋・剥ぎ屋を伴って最短1分50秒間隔で運行したラッシュ電車は、酷な言い方だが日本の活力の象徴とも言えた。なお後の2句は、同想をどう違えて表現するかの見本である。最近の数十年間、プラス面では近郊列車の都心直通化や平行地下鉄の開通など、マイナス面ではわが国の経済の衰退や少子化・コロナなどにより、こうした超混雑は過去のものとなった。歴史に残すにはユーモア川柳が良き題材となろう。

車内化粧一幕物をただで見る　（笹島一江）

定期券で買った私の化粧室　（あきた・じゅん）

電車内の化粧はユーモラスな情景の典型らしく、よく川柳の題材となっている。だがこれもコロナ等の余波か、あまり見られなくなった。

動物的勘で検札から逃れ　（今川乱魚）

正直に出すと定期は見てくれず　（飯田緑村）

ポケットにたまるキセルの片切符　（静光）

いわゆるキセルや切符の区間外乗車、定期の期間外乗車などの不正乗車は、こう言っては何だが比較的罪悪感の薄い違反行為と見なされ、川柳にも時折お目にかかる。ここに詠まれた検札や有人改札はほぼ過去の物となり、機械的な自動改札万能時代となったが、不正乗車は不可能になった場合と心理的にやり易くなった場合とがある。

鉄道川柳に限らず、各種の違法行動を、勧善懲悪の立場ではなく礼賛ないし中立の立場で詠んだ句が句会等でどう扱われるかは難しい。選者によってはアンチモラルの観点からすべてボツにされる事も多く、各種大会への投句などでは避けた方が無難であろう。

赤字線手抜きは出来ぬラッセル車　（岸剣水）

物流に貨車の利用が見直され　（小山一湖）

清張のトリック冴える時刻表　（林比左史）

鉄道川柳にはユーモア句以外にもここに挙げたような社会派マジメ川柳の佳句も多い。作者には実際の鉄道員・OBも多くおられると聞く。今後も御健吟をと期待するところではあるが、鉄道の利用者は都市間ビジネス・観光旅行・通勤通学のすべてを通じて今後減少の一途を辿ることが予想され、ひいては鉄道ユーモア川柳のネタもそろそろ尽きかけている感もある。

今後の鉄道は予断を許さないが、効率化のための廃線も所によっては止むを得ない反面、前向きの発想、たとえば思い切った新線建設によって都市間所要時間を大幅に短縮して鉄道の価値を再認識させた石勝線（北海道）、内子線（四国）等の例もあり、整備新幹線以外でも新しい発展の余地はあろう。これらも鉄道川柳の新しい題材としたいものである。

音楽川柳のユーモア

しまいかと思えば続くベートーベン　（高橋散二）

ジャジャジャジャーンベートーベンに決まっとる　（今川乱魚）

敬老の余興にベートーベンは無い　（坂牧春妙）

持ち歌はベートーベンの歌謡曲　（静光）

音楽川柳の大半はユーモア川柳であり、そこに顔を出す音楽家ではベートーベンが群を抜いている。「ユーモア川柳論の展開」で紹介したユーモア作家のうち3人も、それぞれのベートーベンを詠んでいる。たしかにバッハやショパンではユーモアに詠み難い感じだし、モーツァルトやシューベルトには時折お目にかかるが、よくクラシック音楽の代名詞に使われている。ベートーベンの交響曲は乱魚句が描く第5番「運命」

や第9番合唱付が著名でユーモア川柳の題材にも事欠かないが、他にもピアノソナタ、各種協奏曲、それに数は少ないが意外とやさしく歌えるフォーク調歌謡曲並みの歌曲もある。やはり身近で迫力ある音のキングであろう。

コンサート自腹の客は眠らない　（柏屋敏秋）
招待券隣りの客はよく眠る　（今川乱魚）

偶然ではあろうが、揃って視聴客行動の本質を対照的に衝いた2句に敬服。いくら魅力的なコンサートでも、日中疲れた体でシートに2時間座れば一度は眠くなる。チケットにポケットマネーを投じていれば「ここで眠ってはモトが取れない」となるし、招待券や無料イベントならじっくり眠って休んだ方がコスパが良いかもしれない。広義の類想句とも言えるが、造語が許されるなら「対想句《ついそうく》」とでも名付けて記憶したい2句である。

大勢で歌うドイツ語怖くない　（坂牧春妙）

コーラスにこぶし利かせて睨まれる　（松山淑子）

もったいをつけて出てくるアンコール　（川口楽星）

合唱ステージ寸描。第九に出て初めてドイツ語を歌う人は多いだろう。本来英語より歌い易い筈だがそこは慣れないドイツ語のこと、どこかでトチッても大勢なら平気。コーラスが演歌調になるのはカラオケ出身者らしいが、町の合唱団ならまあお笑いで済むか。合唱でもソロでもアンコール曲は、一度用意したら拍手の量に拘らず全部歌わないと恰好がつかない。

長崎の雨は音符になって降り　（手嶋吾郎）

コーラスのはしご音符が雨と降り　（静光）

3千曲ほどの歌謡曲から、そこに歌われる都市名をリストアップしてみた事がある。

一位はやはり東京だったが、二、三位争いには大都市の大阪、京都と並んで長崎市が顔を出した。昔の唯一の貿易港とオランダ情緒、昭和の原爆被災と平和の象徴、そして九州で一、二を誇る観光都市と多くの表情を持つ長崎は、当然の如く多くの歌を生んだ。しかし「雨が音符と降る」との発想表現は素晴らしく、私の句はこれを逆利用している。類句議論は様々だが、この程度のマネは許されるだろう。

初めての子守唄子は寝ずに聞く　（坂牧春妙）
子守唄下手でも孫は寝てくれる　（森野フク江）
出鱈目の作詞作曲孫の守り　（藤原信子）

子守唄3句点描。句意はいずれも説明不要だが、共通しているのは子を寝かすよりも大人側の自己満足感である。やさしい子守唄川柳はそれで良いのだろう。他には文字通り寝た子を起こしている句などもある。

お世辞言う私もつらい君の歌　（じろうの姉）
大声で抱いてと言える歌詞カード　（米田隆）
止まらないふるえカラオケ初舞台　（古賀ユリ）
カラオケの社長にどっと拍手する　（加藤友三郎）

カラオケ川柳は総じてなかなか手きびしい。この音楽娯楽は昭和中ごろに発明（？）されて爆発的な人気を博し、現状はやや落ち着いたが、多くの人の生活に定着していると言えよう。この音楽イベントの性格は、川柳にとって本領たるウガチ・オカシミ、加えて悪口・くすぐりを以て詠み上げる絶好の対象になった筈である。更に続けて、

一滴も飲めぬ男の黒田節　（村田進）
割り勘でマイク放さぬ下戸の意地　（竹信与志夫）
飲めぬ酒飲んで歌えぬ唄歌う　（若草はじめ）

カラオケが主に飲み会の二次会だった時代の反映か、下戸のカラオケは皮肉と同情を共有して多く詠まれた。殊に初句、二句目の表現の鋭さは無類である。今やカラオケはアルコールの付録や上役のヨイショなどをほぼ卒業して、本当の歌好きが自己満足とゴマ摺りを繰り返しつつも、歌唱リズムを競って披露する場となっており、

マイク持つほかは曲選びに夢中　（上鈴木春枝）

といった情景が随所に展開されている。

退屈な曲楽しませる音痴　（坂牧春妙）

お隣りのピアノのせいよ子の音痴　（山下渓作）

猫踏んだだけで眠っているピアノ　（静光）

「音痴」のようなマイナスイメージの言葉も、努めて明るく持ち上げて表現すればユーモア句になる。ピアノ以外の楽器はあまり川柳に出てこないが、理由はよく分か

らない。

多種多様の音楽がユーモア川柳の対象となっているが、器楽・声楽を通じてプロのソロ演奏は出て来ない。演奏に感動して褒め上げていてはユーモアにならず、逆にケナシたり皮肉ったりしては礼を失したり句の品格を落とすリスクがあるからだろう。

音楽の世界は包容力が大きい。クラシックから演歌、童謡まで、あるいはオペラからカラオケまで、多くの人は上下差別の感覚なく歌い、聞き、楽しんでいる（一部の人を除く）。よく似たメロディーでもうるさく言わず、双方が堂々と歌われ、演奏される。川柳の世界で（他の短詩文芸も同じだが）川柳家のいわゆる文芸川柳と、大衆娯楽やメディア川柳との隔絶感がなかなか解消せず、また類句や同想句をうるさく言い立てる事など、音楽の世界を見習いたいものである。

気象川柳のユーモア

稚内今日もどうやら低気圧　（小学6年生）

テレビのない時代の「全国気象通報」は日本の北端から「稚内では北東の風、風力3、曇りで気圧は1013ミリバール」と始まっていた。稚内は「オッカナイ」のゴロ合わせで、要するに朝の教室に現われた担任教師の気難しい顔色を詠んだものである。教室を描くのに気象を借用した言葉あそびではあるが、昔のジュニアのませた発想を巧みに表現している。

予報どうあろうと家の前は雨　（野村圭佑）

気象庁所によりとうまく逃げ　（高橋六根）

気象台こんな天気に傘持たせ　（作者不詳）

天気予報批判ではあるが、3句に共通しているのは予報非難ではなく、局所の雨降りを予知する難しさである。1、2句目の鋭い表現はさすが。3句目は戦前の新聞句欄で、ユーモラスながらなんともレトロな表現が面白い。

いちかばち洗濯物を干して出る　（吉見博子）

遠雷を聞く留守宅の干し布団　（安藤なみ）

誰でも経験のありそうな事を鋭く、またはのんびりとユーモアに描く。夕立ちのあとは、

虹の端見たくて今日も駆けて行く　（寺島洋子）

どこから見ても半径42度の円孤だよと言ってしまってはミもフタもない。「物好き」という出題でこの句を詠んだ発想に敬服。

ワイパーのタクトで歌う雨の歌　（上垣キヨミ）

バスツアーの楽しさで雨のユーモアを締めさせて頂く。この句は「棒」という題である。

いくらでもあるぞと雪は降り積る　（高橋正兵）
雪少し降って文明ストップす　（安達太郎）
豪雪と書く南国の十センチ　（森紫苑荘）
地下鉄もとまる都会の十センチ　（松本　武）

雪のユーモアを4句。初句は往年の名句《なんぼでもあるぞと滝の水はおち　前田伍健》の冷凍版とも聞こえるが、雪国の実感であろう。2句目以降は雪に弱い都会や南国を揶揄したものだが、10センチという数が一致しているのが面白い。これは単に句調を整えるための適当な数字ではなく、実感をもって「都会の大雪」と言える適切な値だからである。なお地下鉄が止まるのは大部分の線路が地上部分を抱えているからで、全線地下または被覆済みの銀座線や半蔵門線が10センチで止まる事はない。

適量を覚えてほしい雨の神　（よけだろくろう）

進路よく当り台風楽しげに　（静光）

台風は降水源として貴重である。往々にして特定地域および期間に降り過ぎるので、初句のように多分200ミリ均一ぐらいにとお願いする事になる。2句目はある俳句会での私の投句だが、被災者の心情を考えれば「楽しげに」など詠むべきでないと言う俳人の批判に対して、水源の恩恵も考えて客観的に詠めると反論した。批判ももっともな話である。一方、全国に無数にある多目的ダム等は、梅雨や夕立で貯水容量を満たす事は出来ず、どうしても台風が頼りなのである。台風進路は昔の経験則頼みの予想から、気象力学と数値シミュレーションを駆使した詳細な予知へと各段に進歩している。

暑い暑い寒い寒いと秋がない　（山口季楽々）

天候も二極化春と秋を跳び　（黒崎和夫）

半袖とコートこの春日替わりに　（静光）

温暖化と異常気象は今や日常用語となって誰も驚かない。同時に気温の季節変化と日毎のアップダウンも激しくなったと思い込まされている。冷静に統計値を見れば、これは以前からある事なのだが、大衆心理もメディアの宣伝も異常異常と騒ぐのに慣れてしまった。初句の季節飛ばしの「秋がない」は春でも良さそうに思えるがやはり秋に限る。これは心理的・文学的な問題だけではなく、たとえば日没時刻の変化は秋の方が春よりかなり急なのである。これは地球の自転・公転と地軸の傾斜だけでは説明できない面白い現象である。

雷鳴に大木を出る雨宿り　（毛利由美）
告白をまだ引出せぬ雨宿り　（後　洋一）

雨宿りの物理学と心理学の対比。ユーモアの好いネタになりそうな雨宿りだが、近年では雨除け待ちの出来るフリースペースも激減し、携帯傘の普及も進んで雨宿り自体が廃れてしまった。落雷回避も告白期待もユートピアか。

もしかしてあの世と思う霧の朝　（勝亦武子）
五十年恋の思い出霧の中　（高見澤直美）
少しだけ休んでいけと霧が言う　（川中由美子）

気象現象の中でもロマンを感じやすい物に霧がある。そのロマンが錯覚・回想・擬人化とそれぞれ優れた描写によってユーモアを生んでいる。実生活では大体厄介物でしかない「霧」だが、ユーモア川柳に限らず各種短詩文芸のネタとして存在価値は大きい。

地震予知笑顔で話すレポーター　（阿久　照）

大地震起きませんとの予想記事　（石井小次郎）

安全と言ってはならぬ予報官　（静光）

地球物理学の対象は、俗に「軟らかい方」と「堅い方」に分けられる。堅い方の代表である「地震」は、行政機関としては軟らかい方の代表の気象庁に同居している。それになならって気象ユーモアの最後に地震予知を並べる。ユーモアといってもこれはかなりシリアスな話で、地震は起きないとの説を述べた学者が、実際に起きた時に刑事責任を問われたとの馬鹿げた話もどこかの国であったと聞く。うっかりユーモアも言えないかな、とこの3句は示唆している。

気象現象は昔から「天気予報」なるメディアに乗って、一般人の知見にもよく定着している学術であろう。ここに挙げた例句以外にも、いろんな立場からユーモア句を生んでいるが、今回はこの辺でまとめといたしたい。

食べる川柳のユーモア

見栄は捨てお箸下さいフルコース　（豊野トミ子）

数ある食事ユーモア川柳のうちでも白眉と言える発想表現であろう。ナイフ・フォークの華麗な捌きを「見栄」と決めつけてギブアップし、使い慣れた箸を求める。誰でも覚えのある事を割り切った表現で見事に描写する。ポピュラーな場面とあって類想句は幾つかあり、

洋食にわからぬように添えた箸　（神宮寺茂太）

箸ならばひとつで足りるフルコース　（山本義明）

洋食のマナー日本で小うるさい　（静光）

「親切」という出題にこの句を引き出した神宮寺氏に敬服。

敢然と最後の寿司に手を伸ばす　（矢野正暁）
懐と相性の良い回る寿司　（岡田兎蒼）
死ぬまでに一度食べたい時価の寿司　（高木かおる）
年金の財布がにらむ時価の寿司　（田村常三郎）

和食の代表には寿司を挙げる。美味・高価の代名詞としてもすき焼・天プラを抑えて第一位であろう。なお「回らない寿司」は高いというイメージで一般に詠まれているが、回る寿司にも安いのと高いのがある。時価コンクールではいろんな発想がありそうだが、この2句を代表としたい。

生蕎麦庵皆そば通の顔で来る　（植木利衛）
名にかけて赤字のソバをうつ老舗　（新井つる吉）

ステーキも蕎麦も食べたい秋の空　（大井清文）

庶民の和食はソバが代表であろう。しかし句に詠まれるとソバも芸術性が優先して、どうやらワンコインでは食えそうにない。駅ソバを始めとするＦＣ系は、生活に密着しすぎて川柳になりにくいのかも知れない。

蟹が出て宴会場は通夜のよう　（薄木博夫）

女子会を静かにさせる蟹の皿　（池田みほ子）

物言えば損とばかりに蟹せせる　（今川乱魚）

句の対象として際立った特色を持つ物に蟹がある。それはほぼすべての蟹が「沈黙」の代名詞として描かれる事にある。蟹が殻付きで出るのはかなりの値段の会食であろうが、川柳の誇張ではなく実際に音声を失う場はよくご存じだろう。ただし近年は、食べ易く時間短縮もあって殻があけてあるのが多く、伝統的な沈黙は失われつつある。

蟹のコンビは当然海老であるが、こちらは伊勢海老等のプレミアム系を除き、剥いて調理されるので沈黙の必要はない。

おいしけりゃナニえびだってかまわない　（坂牧春妙）

ロブスターシュリンプザリガニ海老のうち　（静光）

お茶漬でシェフ一日を締めくくる　（渡辺史郎）

茶会から帰り番茶でほっとする　（徳山みつこ）

料亭の女将が褒めるインスタント　（吉道あかね）

ステータスの高い料理や会席による精神的圧迫感と、ポピュラーな飲食での解放感はユーモア川柳にうってつけの題材と言えよう。吉道氏のカタカナ下六はリズムに違和感を覚えさせないところが面白いが、この辺の受け取り方は選者・読者により様々であろう。

「コトコトと半日煮て」でメモを止め　（水野タケシ）
出来損ない料理の本に八つ当り　（金箱一笑）
料理本閉じて気楽に目刺し焼く　（黒田正吉）
わが辞書に下ごしらえの文字は無い　（静光）

いわゆるレシピテキストに忠実に従う圧迫感もユーモアの良き題材であり、多様な表現でそれぞれの料理感覚を詠んでいる。実体験か否かは問題にしない。私も即席3分料理が多く、ナポレオンのセリフを拝借した。

菜の花も鳥も見て良し食べて好し　（澁谷さくら）
飼い兎食べた時代を知らぬ子等　（深見多美夫）
煮て焼いてスズメを食っていた昭和　（松本清展）

タコやイカ最初に食った人偉い　　（高木ひろ子）

食糧難もゲテモノ趣味もコミにして、本来の食品とは言えそうもない物に着目する句はいずれも楽しい。現在ポピュラーな食品も、初めは物好きだったと見抜く高木氏の発想は貴重である。近い将来、地球規模の食糧難を迎えて、どんな新食品が飛び出すか怖いが楽しい。

「食べる俳句　旬の菜事記」（本阿弥書店）という本がある。著者の向笠《むかさ》千恵子氏は、伝統食品・郷土料理から現代の食までの食文化研究者で俳人というからこれは凄い。俳句の特性を生かして季語の食品ごとに古今の句を紹介している。ユーモア川柳感覚でも詠めそうな句を若干拝借する。

衰や歯に喰あてし海苔の砂　　（松尾芭蕉）

新米もまだ草の実の匂い哉　　（与謝蕪村）

花のあとにはや見えそむるきゅうりかな　（正岡子規）
幼な子の箸より逃ぐる冷素麺　（田島柳水）
苺つぶす消したき過去のあるように　（和田順子）
夜祭を待つ秩父柿干し上げて　（田島昭代）
すき焼きの箸ゆずり合う新年会　（千恵子）

さて、調理・食事の前提となる食品調達は現在のところスーパーが主体であろう。ここ一年ほどの急激な食品値上がり（これまでが安過ぎたような物もあるが）に対抗するのはディスカウント狙いである。ユーモア川柳はあまりシリアスにならず、楽しげに割引を詠んでいる。

店回る割引される時間まで　（山田雅子）
今日も会う値びき時刻の顔なじみ　（陣内いっこう）

値引き札貼る人を待つ連帯感　（よっしー）
献立をあっさり変えるお買い得　（伊藤キミカ）
買い溜めをしすぎて賞味期限切れ　（毛利由美）

食べることは人生の最も基本的な行為であり、関連するユーモア句もここに紹介した代表句の他にもゴマンとあるだろう。今後も食生活の変化にともない、どんな句が飛び出してくるか楽しく見守りたい。

ビジネス川柳とユーモア

ビジネスという概念は極めて広く、人間から見れば勤務労働、機関から見れば事業経営が主であるが、拡張してホームビジネス・レジャービジネス等もある。川柳の対象としても当然多種多様であり、大衆投句界のナンバー1を占めるサラリーマン川柳（現サラっと一句！わたしの川柳コンクール）をはじめ各種ビジネス川柳句欄、更に川柳家が詠むビジネス生活句までジャンルは広い。ここではユーモア生活の立場から、いわゆるサラリーマン層のペーソス（哀感）を軸としたテーマを幾つか挙げることとしたい。

休み明け会社があってほっとする　（早川盛夫）

家族的経営一生飼い殺し　（久保田淳子）
這ってでも会社には行く二日酔　（吉道まさお）
定食を食い定時に退けてくる凡夫　（今川乱魚）

日本人にとって「会社」に象徴される組織は人生で二、三番目に重要なパートナーであって、単なる契約先と考える欧米の感覚とはかなり異なっている。「帰属意識と終身雇用制度うんぬん」との常識的説明は当然として、何か精神的な依り所を求める心理もあろう。一方裏返して考えると一種の「安住の地」でもあって、

家事をする余力会社でためておく　（伊東恒光）
退社ベル僕の時間となりました　（村上栄蔵）
仕事より女房が大事「はなお先」　（寺西直之）

といったような余地も両立している。

会議室寝心地の良い椅子が待つ　（内田政竜）

無駄と言うな息抜きにほどよい会議　（静光）

喋らせておいての意見重味持ち　（神田仙之助）

結論は見えて賢いのは黙り　（仲川たけし）

コロナ以後リモートも増えたようだが、リアル会議はユーモア川柳にとって昔から茶化す好対象だった。しかしこの3、4句目は、超ベテランの味を感じさせる名句と言えよう。

赤提灯そこまで言うか平社員　（詠み人知らず）

（「平成サラリーマン川柳傑作編　三杯目」より）

のれんくぐれば負け組の別世界　（今川乱魚）

コップ酒ヒラの不満を聞き飽きる　（靖）

ティータイム上司の愚痴はもう古い　（秋山宏子）

アフター5の代表が縄のれんだった時代はもう古いかもしれないが、ユーモア句の好対象である事は変わらない。午後のお茶でこれを批判する句も一つ加えた。

大学で何学んだと叩き上げ　（上田正義）

出世して中卒と書く誇りあり　（三枝二六）

（「みんなのつぶやき 万能川柳4本目」より）

いわゆるノンキャリは川柳でも同情以上に賞讃の対象とされるのは面白い。一方、個人でなく機構立場上のノンキャリには一種の哀感が漂う。

理屈では負けぬが所詮小商人　（東井たかし）

下請けの哀しさ明日を読み切れず　（佐藤曙光）

敵のない男で頼りにもならず　（白井花戦）

今日の友明日の敵となる不安　（谷まさあき）
敵にすりゃ恐いが味方じゃ邪魔な奴　（笠井千晃）
（「みんなのつぶやき 万能川柳4本目」より）
すぐ敵を作る若さで小気味よし　（野口初枝）

いろいろな「敵」がビジネスに登場するが皆強そうに描かれている。これは言葉を変えても同じで、負け組川柳も楽しく詠める。

ライバルの出世を妻が理解する　（片山忠）
ライバルのライバル僕じゃないらしい　（大石新平）

過労死で貴重な人と言われても　（阿部正次）
（「心の処方箋 ビジネス川柳傑作集」より）
過労死を恐れ仕事を分かち合い　（浅葉進）

マシーンの悲鳴どこかで過労死も　（静光）

過労死の蟻にキリギリスの弔辞　（谷幸四郎）

シリアスな「過労死」をユーモアに詠むのはいささかひけ目があるのは事実である。しかし近年の過労死句はユーモアを失わずにいろいろな側面を的確に分析している。

窓際に行って辛口冴えてくる　（鴨原三粋）

窓際でじっくりと読む社是社訓　（丸山孔平）

窓際もユーモア川柳では一種のユートピアであり、むしろ羨望のポストとも読める。コロナ以後、もう窓際のスペースも無くなってやがて死語になるかもしれない。

謝れば済ませた事で会社辞め　（長田良一）

わたくしが失業率の中にいる　（上野楽生）

社是社訓覚えたときに社は潰れ　（佐乃千悟空）

履歴書の最後敗者の詩を刻む　（郷原麦人）

辞職・失業が川柳になるのは食うに困らない奴が詠んでいるからだとの説もあるが、まあ実体験ではなかろうと思う。最終句はシリアスであるが、50年前の秀句としてあえてここに加えた。

物好きが手を組んだ優良企業　（渋谷章）

自転車も飛行機もある町工場　（島田洋審）

企業組織の活動を前向きに詠むビジネス句は極めて稀である。ユニークな中小企業が大手に対等に存在を主張できそうな技術の活躍に拍手。

下戸上戸確と見て割る名幹事　（白柴小太郎）

飲み会のワリカン調整も一種のビジネスと考えれば、前向きマジメユーモアとしてこれも稀少な一句である。

無駄なものは買わねば景気よくならぬ　（岸万伯）
物好きがいないと持たぬ資本主義　（折原一平太）

各種ビジネスの根源である現代経済活動を支えている資本主義経済の側面を的確に指摘する句は多くあるが、ビジネスユーモアの締めくくりとしてこの2句を挙げたい。英独訳したらマルクスもケインズも笑ってくれるだろう。

ユーモア川柳の品格

本書ではユーモア川柳とは「上品な笑いの川柳」と取りあえず定義した。ではユーモア川柳とは言えない「下品な笑いの川柳」とはどんなものか、またそのような句をめぐってはどんな議論があるのか例を挙げてみたい。文芸川柳を目指す川柳家には「私はそんな句には笑えない」と言われそうだが、ユーモア川柳を考えるに当たっては反面教師的な句の存在も理解しておきたい。

孝行をしたくないのに親がいる　（作者不詳）

古川柳《孝行をしたい時分に親はなし》のパロディとして新聞に発表された作品らしい、10年ほど前に「川柳マガジン」誌上で愛読者が問うたところ、回答者は「掲出句にユーモアは感じられない」「中傷は川柳にしないでほしい」と斬った。たしかに内容も表現もあまり頂けるものではなく、親不孝の倫理性も絡んで「こんな句を川柳の仲間に入れたらコケンにかかわる」と専門家が思ったであろうことは容易に想像される。しかし、この句が少なくとも新聞投句の選考に生き残ったのにはそれなりの理由があろう。近年拡大の勢いにある若年層の貧困化、ビジネスも子育ても終えた後で親の介護に追われる少子化と超高齢化などを通じて、年代・性別を問わず経済・時間・体力いずれの面でも、いわゆる親孝行が困難な社会現象がバックにあって詠まれた句なのである。

では、この句の発想を最低限とり入れて、ユーモア川柳の名に値する類句があり得るか。「本書のように上質なユーモア川柳を集めた傑作集は類を見ない」と現代ユーモア川柳のリーダー・今川乱魚氏が自負する「ユーモア川柳傑作大事典」から拾ってみよう。

孝行をしたい親には金がある　（福井おさむ）

孝行をゆっくりと待つ親がいる　（中村野武）

親孝行がイヤとは言っていないが、少なくとも現時点では必要なさそうだと表明してユーモア川柳に仕上げている。ゆっくり待った後の親孝行とは何だろうか。親を引き取って死ぬまで面倒を見るのではあるまい。親の資産と年金を注ぎ込んで適切にまかなえる有老ホームか介護付サ高住を探して入居の手助けをし、使わずに死んでくれれば自分の懐に転がり込むはずの遺産を諦めるようなことが双方最善の親孝行であろう。

さいわいに親は元気で遠く住む　（石田明子）

親不孝しても貰える遺留分　（江崎光男）

この辺になると、子供の立場のエゴが句にじわりと出ている感じである。それでもなおこれらの句が誌上の選を抜け（笑いのある川柳）、ユーモア川柳事典の紙上を飾っているのはそれなりの発想・表現の独自性と、言うなれば時代の流れであろう。この種の句を倫理にもとるとの理由でボツにするような選者は、まあ時代錯誤と言われても仕方なかろう。

ここではたまたま品格に欠ける親不孝句をきっかけに議論したが、倫理性が問題となる他のテーマでも、作者と選者それぞれの思考の微妙なニュアンスが句の是非を決めているものと思われる。

懸賞に当り羽田で土左衛門　（作者不詳）

正確な記憶がなくて恐縮だが、たしか1960年代頃の新聞川柳欄だったと思う。女性選者は選評として「こういう句を見ると全く悲しくなる」と言っている。もちろん飛行機事故死を悲しんでいるのではなく、句の品格のなさを嘆いているのである。

選者に同感するとして、それなら何故この句が紙上を賑わす資格があったのかと言えば、高度成長時代初期の当時、まだ高嶺の花であった海外旅行が懸賞としてもてはやされ、当選者の搭乗機が羽田帰着直前に落ちた事を題材とした時事句だったからである。類想句を考えてユーモア川柳に作るのが、これはどうも難しいのである。たとえば《懸賞と心中したか羽田事故》とかしてやや品格を整えても、迫力を失った説明句みたいである。実在した力士名が語源の「土左衛門」は、現在は不適切用語とみなされているようである。詠む対象は異なるが、

自信過剰あれは河童の土左衛門　（岡田兎蒼）

といった小気味よいユーモア句もある。どうもこのケースでは、懸賞—事故死というストーリー自体がユーモア川柳の対象にするには少し重すぎるのかなと考えざるを得ない。

ユーモア川柳の品格について、そのマイナス面から例を挙げて探してみた。なお句

の品格に関しては、ユーモア川柳に限らず品格の有無の判断にかなりの個人差や立場による差があることは認めざるを得ない。たとえば大衆投句川柳の品格云々について、文芸指向の現代川柳の感覚をもってしては川柳自体の楽しみを殺すことにもなりかねない。

倫理性の問題も併せて、なるべく広く川柳の場を持つことがユーモア川柳を生かす道と考える。

短詩文芸のユーモア

川柳のユーモア表現をいろいろ見るにつけ、他の短詩文芸ではユーモアの概念がどう扱われているかが気になる所ではある。もとより素人の筆者が各ジャンルについて系統的に論じる事は不可能であるが、それぞれの「ユーモア」の特徴について気のつくままに振り返ってみたい。

俳句のユーモア性について種々論じられているのは当然であろう。ルーツの「俳諧」とは本来「おどけ・たわむれ」の意である。しかし昭和から現在までの俳句の教科書・解説書には「現代の俳句はどうも面白くない」との主旨が多く見受けられる。現代川柳と似たような傾向とも見える。

俳句のユーモアが論じられても、川柳と違って「ユーモア俳句」という言葉はない。

代わりに「滑稽俳句」という名称が古典から使われている。俳句界には「滑稽俳句協会」という組織まで出来ているそうで、考えようによっては「滑稽俳句」は「ユーモア川柳」より格が上かもしれない。

角川の「俳句」誌は23年5月号で俳句のユーモアを特集している。その総論で辻桃子氏（「童子」主宰）は次のように解説する。

〈俳句を「ユーモア」という外来の概念で語ることには抵抗があるが、ユーモアを滑稽、俳諧味と読み替えるなら、俳句にとってそれは俳諧が生まれた時からの特質だ。〉

また、同特集で俳人の秋尾敏氏は論じる。

〈「滑稽」のすべてがユーモアであるわけではない。ユーモアは人間愛を基盤とする差別を廃した「滑稽」であり、その根底にはヒューマニズムがある。〉

簡潔ながら、これらの論述から俳句界のユーモアに関する概念を見ることができる。

では、ユーモア俳句ならぬ滑稽俳句にはどんな句があるのだろうか。これが実は難しい。

前述の辻氏の総論で、川柳の「うがち」から生まれる笑いに触れ、また落語やお笑い演芸は聞いた途端に噴き出す分かりやすい笑いと記した後で、

〈それに比べ俳句は、一読してもたいして可笑しくない。詠むのは、なにげない人生の一こまに過ぎず（中略）可笑しみは、深く読み込んで初めてじわじわと伝わってくる。〉

と論じている通り、「これが滑稽俳句だ」とピックアップするのが難しいのだ。ここでは、19年10月号に「俳句界」（文學の森刊）が特集した「滑稽俳句と川柳」から専門俳人が選んだ句をいくつか引用させて頂く。

明治・大正・昭和の滑稽俳句　八木健氏選

叩かれて昼の蚊を吐く木魚かな　（夏目漱石）

青蛙おのれもペンキぬりたてか　（芥川龍之介）

時計屋の時計春の夜どれがほんと（久保田万太郎）
平成以後の滑稽俳句　小西昭夫氏選
セーターは手洗い男は丸洗い（小西雅子）
油虫三人分の足があり（森田欣也）
天の川わたるお多福豆一列（加藤楸邨）

結構有名人や超有名句もある。一読して可笑しい句もあり、ユーモア川柳とのボーダーラインは（？）と考えさせられる。

短歌界ではユーモアや滑稽の言葉があまり出てこない。部外者の筆者が推測して僭越だが、古来の純粋叙景歌や道徳歌などは別として、三十一文字の中には人情の機微に触れるユーモア感覚が既に内在しているとの前提があるのではなかろうか。川柳や俳句に比し14音の余裕が文字通り心の余裕ともなって、殊更ユーモア短歌とか諧謔和歌とかのジャンルを設ける必要はないように見える。ただし初心者向け教科書などでは丁寧にユーモア短歌のすすめも見受けられ、たとえば横山未来子著「はじめてのやさしい短歌のつくりかた」（日本文芸社、2015）では、親切に、〈現代短歌にはユーモアの歌も多く、俗っぽい事もうたってもよい。ただし下品にならないように言葉を選ぶ。〉と教えている。また一方、14年ほど前の事ではあるが、歌人の佐佐木幸綱氏は「現代俳句は俳諧的でなく、むしろ短歌に俳諧的な作品がみられるのではないか」と言っている（短歌研究、2010）。ユーモアの先取りか。

そんな訳でユーモア短歌の実例を挙げるのがこれまた難しい。５００年を遡って俳諧連歌のルーツ「犬筑波集」にある山崎宗鑑の有名歌か、現代口語短歌の花形俵万智氏のこれも超有名歌か。どちらも名だたるユーモア短歌であろうが、ここでは現代の歌人・素人コミにしたユーモアを数首拾ってみたい。

「地の入り」や「地の出」といふ語辞書に載る日も近からむ藍き図入りで　（三好ゆふ）

どのくらいすばらしいのかトロイの木馬いきなりあればふつうあやしむ　（永松寛斗）

以上、平成万葉集（中央公論新社09）より

そのあとでわが読むものをまたしても夫はトイレで新聞を読む　（小島ゆかり）

「はじめてのやさしい短歌のつくりかた」（前述）より

天上よりわれには垂れじ蜘蛛の糸畑にあまたの虫を殺せり　（吉村たい子）

自著歌句集「花束」より

どどいつ（都々逸）は26音構成で、大衆俗謡としての発生経過から本来ユーモアやこれに準ずる笑いを内包している。従って殊更ユーモアや滑稽都々逸とかのジャンルはない。なお歌謡曲等の音節構成は繰返し七五調がトップだが、七七七五の都々逸調もこれに次いで多く、城ヶ島の雨・出船・蘇州夜曲・異国の丘・高校三年生など著名歌も枚挙に遑がない。そのフィードバックでもなかろうが、近年では、文芸形式として

の都々逸も詠まれている。ユーモア都々逸は例示する迄もないが筆者の好きな例は、

惚れた数から振られた数を引けば女房が残るだけ　（栗山源弥）

中道風迅洞「新編どどいつ入門」より

なお川柳人で都々逸を作る人は多い。また川柳美すゞ吟社（長野）では、新年句会の目玉に都々逸を集めて好評を博している。

類想句と暗合句

早く言えば、類想句とは「よく似た句」、暗合句とは「全く同じ句」である。

句の選者・編集者の立場では、暗合句は過去に遡ってどのように見落とさないようにするか、類想句ではどこまで差があれば独立句（新句）として認めるかが問題になる。

なお「川柳マガジン」を発刊する新葉館出版では、「川柳データバンク」などによって暗合句を検索している。当誌でも本年2月、3月号の特選句欄に「暗合句発見のため入選取り消し」とある。どんな句だったのか気になる所ではある。なお暗合という熟語は偶然の一致を示すもので、「暗合句」の概念には意図的な盗作、錯覚、二重投稿などは除くものとされている。

類想・暗合の問題はもちろんユーモア川柳に限ったことではなく、各種定型詩文すべての課題であるが、近年の現代川柳界の活性化と、大衆投句界川柳の急激な増加に伴い、ユーモア句での同一句問題が特に顕著になっていると見受けられる。

数年前の事になるが、N川柳社主幹のA氏から電話を頂いた。用件は類想句に関するもので、A氏が次の句を入選としたところ、

すばらしい弔辞拍手をしてしまう　（B氏）

同柳社のC氏から「本荘氏の作の類想句で、入選には当たらないのでは」というコメントがあったとのことであった。私の句は、

すばらしい弔辞拍手がしたくなる　（静光）

である。たしかに発想は類想句であろうが、表現も行動も異なっており、B氏が私の句を知って投句されたのでない以上、それぞれ独立句でよいのではないかと返答した。なおA氏は選句・編集に当たって篤実なお人柄で知られており、私に誘導尋問して自

らの選句を正当化しようなどとは考えない方であることは承知していた。

一方、遠隔未知のC氏が私の句を記憶しておられたことには謝意を表し、A氏は併せて了承されたが、その後ABCの3氏の間でどのような話があったかは知らない。

考えてみれば、B氏と私に限らずユーモア川柳としてはありそうな発想であった。後日気づいたら次の句もあり、

すばらしい弔辞に感動つい拍手　（31ネット）

記載紙誌は忘れて恐縮だが、雅号表記から見て大衆投句川柳のうちと考えられ、私やB氏の句と比較する場は元々無理のようだ。

億も句があれば同じ句あるだろう　（升田良之助）
「みんなのつぶやき万能川柳5本目」(95)より

億とも万とも言わず、題詠選ではたかが数百句を選ぶうちに全く同じ句に遭遇した

経験は多くの選者の方がお持ちだろう。同一句会または柳壇での暗合句は、秀句でも残念ながら相打ち没。更に疑わしい句は前述の「川柳データバンク」等によりかなりの範囲まで検索可能であろう。

しかし億もある既製句を尽くすことは無理であり、「昔どこかで見た句だな」と思った経験はこれも多くの方がお持ちだろう。暗合句に時効はないが、発表時期が数十年も違っていれば、今更暗合取消し云々を言うこともなかろう。

同時期に暗合に気づかず（または無視して）同一句が発表された例はまあ珍しい。筆者の記憶では、30年前のことではあるが、

遺産分け母を受け取る人がない（94年）

遺産分け母を受取る人がない（94年）

という送り仮名の表記以外は同一の、少々ブラックめいたユーモア句が同年発行の2書に載っていた。

一つは新聞投句、他はそれ以外の大衆投句で、作者名は一方は本名らしい姓名、他は大衆投句的ジョークである。両書とも再編集なので、当初投句時期は多少前後していたかもしれない。

盗作または意図的多重投句の疑いが全くなしとはしないが、まあ暗合句と見るのが妥当だろう。当時気づいた人は何人かいたであろうが、問題視されて何か議論になった形跡は見当たらない。

暗合句を盗作と見せかける。あるいはその逆と思い込ませるような動機があれば、作句者または選句者それぞれに心理的不快感やダメージを引き起こす。これも55年以上昔の話になるが、当時番傘主幹であった近江砂人氏は、同氏への投書に記された経緯について著書に記している。問題の句は、

リンゴむく幸妻として母として　（作者不詳）

というもので、これはユーモア句ではなく抒情句または生活心理句であろう。なお発

表句の一方が俳句界の可能性もあり、暗合盗作云々の議論は難しかったであろう。しかしこれもやはり同想になり易い発想ではある。

暗合句は原則として後発句が没ということで合意されている。字が若干異なる類想句については、独立句（新句）として認める線引きは難しい。

一般的な理解としては、字数の問題ではなく、発想なり記述行動の差がどれだけ感じられるかによるとされており、なる程もっともな話ではあるが、どれだけ発想差を感じるかは当然個人差がある。

俳句界の話だが、さる有名人が「一字違いでも発想方向が大きく変わる場合も、逆にかなりの字数（上中下のうち2句）が異なっても同想と読める場合もある」との主旨を述べているそうで、これももっともな話ではあるが、誰がその差を決めるかは解決していない。

私見だが、下手にルールや判例集を挙げることはせず、入選の当否は担当選者にまかせるのが最も公平と考える。

たまたま類想句の判定に厳しい選者に当たったお陰で自信作が同想没となったら口惜しいだろうが、ユーモア川柳には「明日があるさ」と考えたい所である。

ユーモア川柳の群像

最終項は、日頃から筆者が敬愛する諸氏のユーモア句を披露して締めくくることとしたい。

筆者も住む茨城県は、ある意味で文化果つる所とされ、何やらの統計では文化レベル45～47位を争ったりしているが、こと川柳に関しては多士済々で、もし川柳人口比率などという統計があれば、大阪・東京・愛媛などと競って上位に並ぶ筈である。昭和後期から平成初期にかけて、県南では今川乱魚氏の後援も受けて太田紀伊子氏が川柳を広め、県北では植木利衛氏ほか何人かの川柳人が句会を定着させた効果が実を結んでいるものと思われる。

無駄な灯が作り出してるいい夜景　（鈴木　浩）
生きたくて何度も上る手術台　（〃）
金持ちと幸せ別と負け惜しむ　（〃）
ふつつかな娘ですがと本音言う　（〃）
スズキです僕も車もイチローも　（〃）

牛久のヒロシこと鈴木浩氏は、現代川柳の結社と、中間川柳（仮称）の代表である毎日新聞の仲畑流万能川柳で活躍する、川柳六大家の一人・川上三太郎流にいう二刀流である。最終句は「ポピュラー」という題詠で、ここまで自分を客観視するセンスがユーモア川柳の精神かなあと感じさせる。現在「つくばね番傘川柳会」の副会長として句会運営に多大な貢献もしている。

茨城川柳界では現在４人のクイーンが活躍している。人生経験の豊かさとそれをベースにした句作のセンスは抜群で、句の評価を累積で示す場、たとえば川柳マガジン「川柳道」欄の実績では、４人が三段以上の60〜88点に犇めいて同県男性陣の追随を許さない。組織派の佐瀬貴子、生活派の岡さくら、学究派の岡本恵、広域派の毛利由美と句風と活躍の場を少しずつ異にする４氏。最もユーモア川柳に浸っているのは毛利氏で、本書にも何回か登場して頂いた。

粛々と生きたしライト浴びたいし　（佐瀬貴子）
カクテルはムラサキ恋はまだ序盤　（〃）
アバウトもいいよね丸い絵が描ける　（〃）

社会評から恋の句まで発想と表現のセンスは抜群。水戸川柳会会長を務める傍ら全国句会の選者も多くこなす。過労川柳、大丈夫か。

この先はもう座りたい立ち話　（岡さくら）

がらくたに見えて高値の古道具　（〃）

口数を減らして増やす蟹の足　（〃）

生活のユーモアも巧みに詠みこなす。言葉遊びも秀逸で、「川柳マガジン」の回文川柳や駄洒落川柳でも大活躍する。

乱反射して私は多面体　（岡本　恵）

一本の思い出せない傘があり　（〃）

何もない一日という贈り物　（〃）

既存結社とは距離を置き、美しい発想とヒューマニズム溢れる表現で各柳壇入賞の常連。当誌「虫くい川柳」では出題・解答ともに第一人者である。

丁寧も程があります御御御付け　（毛利由美）

投資より投機に近い教育費　（〃）
風邪薬で治れば風邪ということに　（〃）
ひたすらに地団太を踏むフラメンコ　（〃）
ダブルブッキングこんなに暇なのに　（〃）

広く詠みこなすユーモアは天性のものであろうが、坂牧春妙氏を越えるセンスを感じさせる。関西の柳壇でも活躍されている。

法要の木魚ウトウト夢心地　（葛飾凡斎）
二度目ならケーキも小ぶり披露宴　（〃）
手を貸してくれそうもない猫と居る　（〃）

雅号は北斎の謙遜版らしいが葛飾区出身は事実で、茨城・東京の両句会で活躍する。本業は農業で、氏が選者の句会では賞品の野菜が楽しみになっている。

マニュアルに沿った角度でする謝罪　（吉村たい子）
お砂場で交渉力がもう芽生え　（〃）
万国旗観光船に争わず　（〃）
ここで咲くつもり抜け道断ちました　（〃）

隣接する千葉県我孫子市在住。最終句はユーモアではないが、川柳歴3、4年で川柳マガジン全国誌上句会特選から投票トップになった呆れるほどの出世作。ただし裏には川柳より長い短歌歴があり、やはり二刀流はおそろしい。

長野県の名柳社「川柳美すゞ吟社」は編集長の深見多美夫氏、主幹代行・山本美和子氏はじめ、スタッフの超人的努力でいずこも同じ高齢化をカバーしている。多くのメンバーがユーモア句を詠むのが面白いがこれは信州人の諧謔精神か、吟社の雰囲気のなせる業か。

蚊帳の外私ひとりが踊らされ　（原志津子）
不眠症講演会はすぐ眠り　（山本美和子）
胸底の本音引き出す上手い嘘　（渡辺茶話）
嘆く人喜ぶ人の温暖化　（青山鉄夫）
煽るのと聞こえぬ振りのいい勝負　（宮沢昌子）
ユーモアを食べて余生を丸く生き　（小出蕗女）
傷口を見せあってから息が合い　（小林伸風）
ゆったりと空気が座る過疎のバス　（宮尾柳泉）
今更に輝きだした蹴った石　（千木良正文）
もう一度舞ってみたいと濡れ落葉　（甲野美文）
株価などどうでも良いとコップ酒　（深見多美夫）

僭越ながら拙句若干を最後に並べる。

じっくりと読む筈だった資源ゴミ
このご恩忘れませんわ二三日
観光用と知ってか水車よく回る
速度落せとあり駅伝の路面
性善説いま試される無人店
もう一度恋をしましょう喜寿傘寿
補聴器にひびく三途の川の音

御笑覧ありがとうございました。文芸現代川柳と大衆娯楽川柳の断絶を埋めるユーモア川柳たちに幸あれ。

あとがき

この小冊子は23年8月から24年7月まで「川柳マガジン」に連載したものです。連載の発案は竹田麻衣子副編集長で、いきさつは次の通りです。

麻衣子〈ユーモア川柳の作り方について、一年程度の連載をお願いできませんか〉

静光〈書かせて頂くのは光栄ですが、「作り方」などとおこがましい事は無理です。「ユーモア川柳の周辺」とでもさせてください〉

麻衣子〈周辺ではあまりにも迫力がありませんので、せめて「ユーモア川柳の考え方」くらいになりませんか〉

静光〈うーん。「ユーモア川柳を考える」くらいで手を打ちませんか〉

麻衣子〈うーん。まあ、いいでしょう（笑）〉

出来上がったものはご笑覧のとおりで、「考える」には少々足りませんが、古今のユーモア句の例示と、読んで楽しい解説になるよう努めたつもりです。それにしてもたかが月一遍２４００字にヒーヒー振り回された1年で、とても流行作家には成れません。また私が考え及ばなかった事を麻衣子サンにすっかり補って頂き、「品位」や「類想句」の章は彼女と私の合作のようなものです。改めて儀礼でない感謝です。

現在のセンリュウ一般には、吟社を主体とする現代文芸川柳と、大衆投句やメディアを主体とする娯楽川柳があります。なお「仲畑流万能川柳」や、現在2種類刊行されている「シルバー川柳」といった中間川柳（仮称）も面白い。何が中間かを端的に示すのは句の中8率です。現代川柳は5％以下、大衆娯楽川柳は15～30％（平均20％強）、中間川柳は5～20％です。これを考察するのは大変面白そうですが、私の手に余ります。

現代文芸川柳を大衆投句川柳側から眺めると、もちろん意思統一表示機構がある訳ではありませんが、スマートな文芸性に対する若干の敬意と、難解性や独善性に関する若干の疑問とが共存するでしょう。両者の共存共栄は種々の場で可能であり、またそのために努力されている何人かの先達川柳人には全く敬意を表します。ユーモア川柳はそのための良い武器になるでしょう。でもその為にユーモア川柳がある訳ではありません。

私個人としては、90歳になって良いテーマの終活文を書けた事に自画自賛して喜んでいる次第です。

二〇二四年十月吉日

本荘静光

●著者略歴

本 荘 静 光（ほんしょう・しずみつ）

1934年東京都生まれ。茨城県在住。
東京大学地球物理学科卒。技術士（応用理学）。
工業技術院地質調査所、（財）電力中央研究所、総合地質調査（株）に勤務。2014年度退職。
つくばね番傘川柳会、川柳マガジンクラブ茨城句会、川柳みすゞ吟社の各川柳会に所属。著書に「川柳作家ベストコレクション 本荘静光」「セミ・ユーモア川柳」「セカンド・ユーモア川柳」「未完成ユーモア川柳」「令和川柳選集 終活ユーモア句集」。家族は妻と子３人（旭川、仙台、女満別）。他の趣味は歌、ダンス、旅行、短歌など。

ユーモア川柳を考える

○

2024年11月14日　初　版

著　者
本　荘　静　光

発行人
松　岡　恭　子

発行所
新　葉　館　出　版
大阪市東成区玉津１丁目9-16 4F　〒537-0023
TEL06-4259-3777㈹　FAX06-4259-3888
http://shinyokan.jp/

○

定価は表紙に表示してあります。

ISBN978-4-8237-1355-2